国家出版基金项目
NATIONAL PUBLICATION FOUNDATION

国家出版基金资助项目

项目编号：2019I~157

"一带一路"大型系列丛书

总策划　戴佩丽
主　编　孙春光

张玉波 ◎ 著

新疆是个好地方

火焰之上

中央民族大学出版社

China Minzu University Press

图书在版编目（CIP）数据

火焰之上 / 张玉波著 . —2 版 .—北京：中央民族大学出版社，2021.12（2022.4 重印）

（"一带一路"大型系列丛书 . 新疆是个好地方 . 第二辑）
ISBN 978-7-5660-1967-7

Ⅰ.①火… Ⅱ.①张… Ⅲ.①诗集—中国—当代 Ⅳ.①I227

中国版本图书馆 CIP 数据核字（2021）第 265862 号

火焰之上

著　　者	张玉波
责任编辑	戴佩丽
责任校对	肖俊俊
封面设计	舒刚卫
出版发行	中央民族大学出版社

北京市海淀区中关村南大街 27 号　　邮编：100081

电话：（010）68472815（发行部）　　传真：（010）68933757（发行部）
　　　（010）68932218（总编室）　　　　　（010）68932447（办公室）

经 销 者	全国各地新华书店
印 刷 厂	北京鑫宇图源印刷科技有限公司
开　　本	787×1092　1/16　印张：13.75
字　　数	170 千字
版　　次	2021 年 12 月第 2 版　2022 年 4 月第 2 次印刷
书　　号	ISBN 978-7-5660-1967-7
定　　价	55.00 元

前　言

　　"一带一路"倡议中，新疆定位于丝绸之路经济带核心区，并以日益凸显的区位优势和辐射效应，与21世纪海上丝绸之路逐步衔接。

　　在第二次中央新疆工作座谈会上，习近平总书记强调，要在各族群众中牢固树立正确的祖国观、民族观，弘扬社会主义核心价值体系和社会主义核心价值观，增强各族群众对伟大祖国的认同、对中华民族的认同、对中华文化的认同、对中国特色社会主义道路的认同。近年来，在以习近平同志为核心的党中央坚强领导下，新疆文化事业得到长足发展，对经济社会发展的引领作用不断增强，特别是随着稳定红利持续释放，文化创新呈现快速增长。实践充分证明，以习近平同志为核心的党中央治疆方略高瞻远瞩、英明睿智，只要坚定不移地贯彻落实党中央治疆方略，新疆形势就能朝着全面稳定的方向发展、就能实现社会稳定和长治久安，新疆经济就一定能够贯彻好新发展理念、推动高质量的发展。

　　"一带一路"倡议的实施是新疆地区走向现代化、融入现代化潮流、发展现代文化的一次新机遇。在这一背景下，《"一带一路"大型系列丛书——新疆是个好地方》出版项目正式推出，其目的就是要围绕中心、服务大局，弘扬主旋律，传播正能量，为推进新疆稳定发展提供了强有力的文化支撑。

　　丛书坚持党性与人民性相统一，不断增强中国特色社会主义道路自信、理论自信、制度自信、文化自信；坚持正确文化导向，团结、稳定、鼓劲，弘扬正能量；紧紧围绕社会稳定和长治久安总目标，使文学作品服务大局，形成文化艺术的强大合力。丛书作品内容注重创新意识、创新观念、创新内容、创新形式，切实提高文学作品的传播力、引导力、影响力和公信力；坚持"高举旗帜、引领导向、围绕中心、服务大局、团结人民、鼓舞士气、成风化人、凝心聚力、澄清谬误、明辨是非、连接中外、沟通世界"。

　　丛书的出版发行，将对发展新疆区域文化产生积极的正面效应。基于此，我们遴选了疆内的数十位知名作家，通过报告文学、散文、诗歌、小说等形式，从不同的角度反映新疆现代文化发展，展示各民族同胞践行社会主义核心价值观以及逐步形成的进步、文明、开放、包容、科学的理念，讴歌各民族同胞团结互助的精神风貌和浓厚氛围，进一步增强各民族同胞之间的认同感，更好地维护新疆地区的长久稳定和繁荣助一臂之力。丛书视角独特、文字量浩繁、信息量巨大，让新疆人民可以真正全面地知道自己，让疆外的读者可以全面地认知新疆，也让世界客观地了解新疆、了解中国。

　　丛书得到了国家新闻出版署、中共新疆维吾尔自治区党委宣传部审读处、国家出版基金办的大力支持，使得这部丛书得以顺利出版。

编者

目 录

"一带一路"大型系列丛书
——新疆是个好地方

爱这片美丽的土地

还是这一季

还是这片辽阔的土地

我们收获了甜蜜的果实

我们收获了美丽的梦想

我们还收获了一束真理的光芒

当秋风漫过

万山红遍

山河的壮美

唱响大地的喜悦

我真想把这些热烈撒向空中

让聚集在天边的云朵

高兴地流出行行热泪

湿润这片无垠的土地

我渴望秋风带着干涩的咸味

用虔诚编织腾飞梦里的雨季

我看到那些顽强的草木

在充实和坚定之间微笑

长江黄河告诉我

它们经过了怎样艰辛的跋涉和变迁

风雨和淬炼

在弱小奋起之后傲然雄起

它们曾经的生与死一样让我仰望

未来和梦想一样让我期盼

在不懈奋斗中

一年又一年

守着这万顷热烈和辽阔

那样淡泊和深沉

那样坚贞和不屈

在这个季节

我没有理由气馁与屈服

我热爱着这片土地

热爱这片土地的坦荡和胸怀

热爱这片土地上行走的一切

热爱这片土地上所有高昂的头颅

他们奋斗而骄傲　沉默而坚强

让我对生命的尊严肃然起敬

让我对美好的未来充满憧憬

我爱的，那一定是

对生活从未放弃的热忱

我的爱，那一定是

为了这个十月，充满光明的指向

守着这浩渺的光阴

守着这亘古的土地

用一腔执着热烈地

向着未来倔强地前行

拔节出新的高度

我的新疆我的家

大地披彩，山河绚丽，秋风欢唱。

沿着天山雪峰的明媚，

塔里木河流淌的激情，

伊犁草原的浪漫，

火洲大地的激情，

神奇而灿烂地走来。

我看到了《福乐智慧》的睿智，

十二木卡姆的高亢，

人民生活的大幅改善；

看到了牛羊悠然工厂遍地，

雪崩阵阵洪流滚滚，

群峰腾跃草原奔驰。

在山花言笑的原野，

在高楼鳞次栉比的城市，

读这块宝地的灵性，

读民族大团结的祥和，

读一代又一代人的艰苦奋斗，

我读懂了您辉煌的过去与光明的未来。

我一遍又一遍地在这片土地上行走，

巍巍的群山让我震撼，

无垠的大漠让我豪迈，

不屈的胡杨让我坚毅，

沧桑巨变让我振奋，

我的心充满了百般恋情。

这块地球孕育隆起的欧亚大陆腹地啊，

是我的新疆我的家，

她正用宽厚的臂膀，

挽起高山大海，阔步走向未来！

沙尘暴中的警歌（组诗）

1

沙尘暴来兮。

沙尘暴似电，沙尘暴像雷，沙尘暴如魔。

沙尘暴用魔速，沙尘暴用魔力，翻卷着，发威着。

蓝天失色了，太阳逃跑了，鸟儿落荒了。

沙尘暴挟来了天地间的混沌。

沙尘暴来兮。

沙尘暴裹挟着黄沙，沙尘暴裹挟着石头。

沙尘暴折断树木的粗干，沙尘暴折断老鹰的翅膀。

沙尘暴吞噬了丰收的瓜果。沙尘暴燎荒了苍翠的田野。

沙尘暴掀翻了呼啸的火车。沙尘暴助虐熊熊火焰。

沙尘暴挟来了鬼哭狼嚎。沙尘暴挟来了伤痕累累。

沙尘暴来兮。

沙尘暴撕裂着我的城市。沙尘暴撕裂着我的绿洲。

沙尘暴撕裂了葡萄、哈密瓜的香甜。沙尘暴也撕裂了我生疼的心。

沙尘暴啊，沙尘暴，你到底想在我原本贫瘠的土地上吹灭什么？

2

我们的城市和绿洲如一枚钉子。街灯迷茫着发不出光亮。

我们看到那些原本光鲜的人们，捂面突奔，迷失方向。

我们看到那些艳丽绽放的花朵，瞬间失色，七零八落。

我们看到那些如花样绽开的梦，幻成泡影，随风而灭。

四月，这片西北的天气啊，正如那些毫无规则的白杨树的絮。

我们看到一枚成熟的哈密瓜。我们看到一把撑开的花阳伞。

我们看到一些巨大的石头，滚动在空荡荡的马路上。

我们仿佛听到一种哭泣比一种鬼哭狼嚎更加凄厉。

我们的城市和村庄如一枚钉子。我们的警灯在混沌里闪烁。

我们的血液偾张着我们的血脉。我们的骨节在叭叭作响。

我们的身影在大风里，我们的身影在沙暴里，我们的身影在火光里，不时地出没。

我们坚贞的警魂在忠诚地跃动。

我们，谁能说不是一尊尊不肯低头的佛？

3

同样都在猛烈的沙尘暴中啊！

一些树，摇摆在风里，捶胸顿足自己苦命。

一些羊，蜷缩在坑洼，悲天悯人自己弱小。

一些草，紧趴在大地，叹息没有生在南国他乡。

一枚叶子，划过沧桑干涸的胡杨林的额头。

正如一只断了线的风筝，又像一只失去魂魄的生灵。

同样都在猛烈的沙尘暴中啊！

一个特警，在黄沙中坚守。

他伟岸的身躯，赛过已经无法挺直的白杨。

他像泥人，分明有着钢铁铸就的骨头。

一个交警，和大风较劲。

他一会儿指挥，一会儿救援，吃力而又坚定。

他必定是心意坚定，才撑稳了风中的重心。

一群警察，与沙暴斗勇。

他们推出陷落的汽车。他们挖出被埋的人员。他们给被困的人员送去了馕，还有那瓶生命之水。

一滴水，润过人们的心头。

就像一泓甜蜜的露水，更是一场久旱的春雨。

4

沙尘暴中，我不知道，他们怎么应对这么惨烈的场面？

我不知道那些场面的结局又会是什么？

那场沙尘暴，我的绿洲和城市，大火点点。

火烧连营的村落，风执火炬，漫天飞舞。

警灯闪烁。他们提着水桶。他们端着水盆。他们拖着水管。

火场奔袭，尽显磨损的车身和碎裂的车窗。尽显风的唉啸和舞爪嚣张。

那幢炼狱中的居民楼，天然气管道和燃气罐，成了大火狰狞的兄弟。

他们与火魔搏斗。他们背出居民。他们扛出气罐。他们抢出物品。

他们在狼烟中喷射水柱。他们在蹈火中喷射愤怒。

那场沙尘暴，我的戈壁大动脉，列车顷刻颠覆。

危难突兀而至。大风嗜饮鲜血。呻吟颤动大地。

警灯闪烁。他们开着装甲车推进。他们手挽手挪近。他们匍匐着爬近。

他们攀爬车窗。他们砸碎玻璃。他们带着担心爬进去。

伤痕累累的巨腹里，灼伤了他们的眼睛，蛰疼了他们的心房。

撬开变形的设施，拉出挤压的身躯，扶出战栗的旅客。

一场营救就是一场战斗。

一场营救就是一场与死神的赛跑。

5

经年以后，每一场沙尘暴，都是一个梦呓。

我记得，若干年前的那个烧焦的村落，有一块无法复新的石墩。

我记得，那段列车脱离的铁轨，依然向前延伸。

那些上面，有久远年代的风砺，有久远年代的血。

有久远年代的满目创伤和泪痕。

我记得，若干年前的那一只折翅的老鹰。

虽然伤痕累累，依然奋力搏击。

我记得，那一片闪烁的警灯。还有那个钢骨般的泥人，那些奋不顾身的身影。

一场场沙暴，能形成一道风景驻足吗？

一群群身影，能写成一部史诗流淌吗？

6

沙尘暴来兮。我蔑视地向他质问。

沙尘暴能掳走我的瓜果，沙尘暴能掳走我的心么？

沙尘暴能吹掉我的浮夸，沙尘暴能吹走我的刚毅么？

沙尘暴来兮。我蔑视地为他叫好。

我为我的城市和绿洲叫好，他们在被摧残中坚挺。

我为我的警灯和兄弟们叫好，他们在抗击风暴中闪光。

沙尘暴中，我听到了腐朽与懦弱落地的声音。

沙尘暴中，我听到了顽强和大爱拔节的声音。

哈哈，沙尘暴，沙尘暴，你能吹灭我的灯么？

围歼（组诗）

远山

潺潺溪流，葱葱松林。疾风、冷雨、暴雪。

远山是一种朦胧。远山是一种目标。

远山是一个重拳出击的邀请。

要想给平安一个新的注解，那么，就奔向远山的决绝。

去战斗！

风雨雪

风中听雨，雨中听风，似少妇的泣诉。

风中吹雪，雪被风吹，暴戾在肆虐。

野山幻游着魔影。

攀爬穿越，火焰在围猎。

矫健的身影，穿透在茫茫山色。

酒烈烈似火，壮怀高歌。

山路

羊肠小道，齐崖断壁。

小路迈着孩子样的脚步，在山间歪歪斜斜；

一棵偶然的树，像失足者，抓着崖头焦虑。

战靴跑咧，伤痕磕碰伤痕，躯体卧雪爬冰；

马匹、警犬和警察，纷纷落崖，

唐宋边塞的绝句，

如燕雀，声声如雨。

溪流

有水，但没有往日见水的喜悦。

高原的小溪，晶莹潺潺，风雨中如此，白天如此，黑夜如此。

此时，就像一根绳索，就像一条壕沟，就像一只虎。

野渡无舟，水浸透棉，

棉温暖了水。

休息是场梦

那种惬意的场景，走过昨天、今天，追求到生命戛然而止。

盛开的战斗和牺牲，宛如那些黄花，清香而优雅。

这也是休息吗？

冬天游走在九月的天空，

枪声的号角，是我们现实的一种笑声。

倒下的警察

语言跌倒在地，站立追逐着你。

你的骨头是淬火的金刚。

我想让你只想走进一本书。

呈现思想与忠诚的页码结伴。

让你嗅一嗅你渴望的气息，

像一片叶子，自你的身上感召日月。

我更想你是我所祈祷的愿望，

在你的心底激活。

而你只想义无反顾地去。

胜利

太多的时候，都是在搜索崇山峻岭。

或明或暗的危险，悬崖，缺氧，冷枪。

大山溪水冷峻，云杉耿直站立。

为什么激战总相约黄昏？

枪声发怒，骤然寂静之后，淡淡的幽蓝唏嘘不已。

刑警（组诗）

案发

风暴又一次来临

我们踩下那片沉重

愤怒，化作闪电

对罪恶最好的诠释

在于挥舞利剑，穷追猛打

运用法律，化解苦难

我们胸怀正义

我们践行忠诚

我们在疾恶如仇的愤怒中

用包拯的骨气，狄仁杰的睿智

令魑魅魍魉现形

支离破碎他们，撑不起的远方

一次次出征后，继续

待命吧，勇士！

惩妖除魔，秣马厉兵！

现场勘察

于细微处听惊雷

怎能让经不起的疼痛

夭折在这片狼藉中

犀利的目光，直指

淹没在琐杂的微痕，萃取

举起柳暗花明的奇迹

这些勘察者，像猛士

舞着锋利的长剑，寒光闪闪

扭转乾坤，落定尘埃

走访

每一步，都在丈量正义

每一步，都在丈量公平

语言是珍贵的

线索是珍贵的

嫌疑人的宿命，是不可逆转的

有多么罪恶，就有

多么强力的清扫

走访，是扫除罪恶冰层下的深滔

走访，是漫漫黑夜里的火焰

一个个脚步，走家入户

穿透罪恶的迷雾

从点点滴滴里，寻找答案

案情分析会

烟雾，像一团乱麻般的思绪

让每个人，拧结着眉头

你一句，若暗的影

他一言，若明的光

唇来舌往，条分缕析

一个个案情，一条条线索

像一枚针，刺痛

没有呐喊，却很犀利

在语言中，看到了

刀光剑影，猎猎旌旗

思想的花，捅破黑暗

于是，迎着风

在阳光下，唱一首歌

破案

时光缓慢，缓慢里看到了什么

一条隔世的鱼，一汪破冰的海

在时光的另一个截面

以凤凰涅槃的姿态，点燃光亮

那些接踵而来的，证据和结论

猛叩罪恶紧闭门扉上的铁环

终于，那隔世般的爱和温暖

冲破黑暗，穿透黑夜的束缚

从银河的马背上，款款而来

破案的消息，悠然间

踩着风声，狂奔四散

清廉，让平安的路上弥漫芬芳

1

一朵莲

静静直立在池中

在繁杂中坚守岁月

在污泥中修炼生命

看人来人往

品世事沧桑

出污不染，展现耿直

脱俗生长，扛起责任

清新地摇曳

散发旷世迷人芬芳

2

清澈的水

必然是摒弃了杂质

像一面镜子

照亮前行的路

像一束阳光

映出世界的平面

如果混沌

那必定是浑水摸鱼的乱象

抑或是漭漭荡荡的狰狞

或许宁静

才是你的性格和理想

你才流经污秽而不染

无论江河湖海

清流，淡定

才能战胜奔腾的喧嚣　四溅的欲望

3

自打从警

就把身躯和灵魂

交给了那句从警时的铮铮誓言

知道警察会经常与魔鬼打交道

知道警察也身处这物欲横流的时代

我们只想做一缕清风

刮散那些乌烟瘴气

只想做一缕阳光

用忠诚的奉献与热血

守护每一片平安的大地

我们只能表现搏击邪恶的张力

我们只有选择阳光的权利

一言一行　一生一世

坦坦荡荡　磊磊落落

清廉，让平安路上弥漫花香

买买提江，我们的英雄

买局长，买局长

当枪声和呐喊在空谷响彻云霄

当欢呼与掌声在战场此起彼伏

当撕心裂肺的呼叫响起你的名字

当56天顽强战斗的硝烟戛然而止

所有人都在想你

拄着拐杖翻山越岭

连续不断追踪狼迹

面对牧民危险挺身而出

面对暴徒刀斧岿然无畏

却在胜利号角吹响的最后一刻

带着为胜利指明方向的坚定　决然而去

将生命永远定格在五十一岁的年华

不曾有人感受你奋不顾身的豪迈

不曾有人体会你直面生死的坚毅

一如流星雨从天际划过　坠落

你在最后的时刻大义凛然　视死如归

变成了无数人哀痛惋惜的眼泪

让无数人内心激荡　回肠荡气

松林一般的挺拔坚强

雄鹰一般的搏击长空

高山一般的英勇威武

买局长！买局长！

战斗的最后一刻　你奋不顾身

生命的最后一刻　你忠诚勇敢

你挥舞的忠诚旗帜

是新疆各族人民的指引

你唱响的民族团结的旋律

永远回荡在天山南北的辽阔大地！

爸爸，亲爱的爸爸

高高的雪山滋润着您的信仰

相连的雪松呼唤着您纯朴的虔诚

在大漠深处我凝望您的背影

在高山之巅我仰慕您的坚强

我慈祥的爸爸啊

我多少次嗔怪你是个骗子

你多少次承诺过带我过六一儿童节

你多少次承诺过陪我旅游一次

你多少次承诺过陪我逛逛商场

你的承诺次次如泥牛入海

你的承诺让我有些怨恨

我慈祥的爸爸啊

女儿是多么的不懂事

你把毕生奉献给了从警时的承诺

你把毕生奉献给了肩上的责任

你把毕生奉献给了除恶扬善的事业

你把毕生奉献给了万家平安大地安宁

哦，我坚毅的爸爸啊

你是人民孕育的战士

像天山雄鹰般疾恶如仇

你是英雄乌古斯传人

是我心中永远的英雄

哦，亲爱的爸爸啊

你走了却永远活着

你是女儿心灵的依靠

你是女儿精神的寄托

你是女儿学习的榜样

你是女儿心中不朽的英雄！

我们是人民警察

莽莽雪域，巍巍昆仑

篆刻了我们伟岸的身躯

惊涛拍岸，激起千层浪

那是我们心跳的强音

白与蓝的构造

我们有着共同的姓氏

叫人民

天空辽阔，得以蔚蓝澄明而夺目

大地深远，得以生机一片盎然春意

苍天厚土滋养了我们剑胆琴心

心中流淌着最温暖的力量

在高山大海的怀抱里

洗礼忠诚，淬火成钢

当我们入警庄严地宣誓

祖国和人民的利益高于一切

我们的血脉已与大爱相连

无私奉献，敢于牺牲

坚不可摧的胆魄引吭高歌

那是我们响彻云霄的誓言

我们的血肉有了人民纯粹的滋养

我们的警徽熠熠生辉

我们的肩膀承载着人民谆谆嘱托

我们的利剑所向披靡

我们的意志寄满人民的殷殷希望

我们的盾牌大爱无疆

气贯长虹

我们的心怀情深似海

我们把爱化成阳光明媚

洒进万户千家

我们磨砺宝剑锋利

斩除妖魔雾霾

我们守护幸福安宁

编织欢乐和温馨

我们有一捧鲜花

献给辽远的天空

我们是一团烈焰

燃烧自己

把平安献给大地

因为人民

是我们心中的蓝天和大地

岁月静好

是我们走在路上的目标和动力

我们忠诚于祖国

我们奉献于人民

因为我们有一个响亮的名字

——人民警察

——人民的赤子

站在平安的边界上

在善良和邪恶的边缘

模仿传说中门神般的站立

手持那柄朱蒂提亚手中的那柄长剑

身上背着法律镌刻的箴言

骨子里已经浸透忠诚与责任的信息

行进在冬天的时光里

我时时睁大警惕的眼睛

穿透邪恶，疾恶如仇

亮出法律的剑，消冰融雪

扫作奸犯科，捉虫除害

抵挡冬天寒流的侵袭

落在春天的瞳仁里

我渐渐松开紧绷的神经

簌簌抖落寒霜，舒展身心

露出春天的笑容，用慈爱的心

扶你过马路，帮他解忧愁

打开春天的门扉让大家进入

哦

每天被红日温暖地注视一次

被月亮温柔地注视一次

被平安顺利地拥抱一次

多么惬意，多么幸福

长征的胡杨

历史幻化成时光隧道

张骞马背的驼铃悠远不绝

玄奘向西的那条路

飘逸着伸向远方追寻佛影

驿站　亭台　渔猎人家

藏进土黄斑驳的色调

从狼烟阵阵到古国繁华

都已经落入千年沧桑的尘封

只有这片飞旋激昂的胡杨

一路长征

苏醒　复活　重生

为孤寂的沙漠撑起生命的绿荫

笑看风沙肆虐

鄙视烈日冰寒

纵然身躯被岁月点点风化

依然显示生命灿烂的本色

在挺立中表白

在坚守中真爱

兄　弟

风抹一把眼泪

绝地呜咽

心如潮湿大地

无处安放

那个血腥场面

如同一个梦呓

危难突兀而至

恶魔嗜饮鲜血

你的血液偾张着血脉

你的骨节叭叭作响

虽然伤痕累累

依然奋力搏击

在你倒下的刹那

没有丝毫的犹豫

如果不是你挡在了前

滴血的一定是兄弟

坟头长出了一抹新绿

如一缕不熄的火焰

蛰疼了我的心房

我听到了顽强和大爱拔节的声音

乡村，我是一名村警

我让这身藏蓝色的警服，

映衬我守护平安的责任。

我把戈壁荒芜的平坦，

融进我巡逻走访的脚步。

我的身影出没在尘土中，

我的笑容灿烂在田野里。

我的双手，帮助村民种过粮食瓜果，

我的双臂，扛过火魔风灾肆虐危难，

我的双脚，蹚在泥雪风雨春夏秋冬，

我的双目，犀利逡巡一切作奸犯科。

我把瓜果飘香棉田绽笑的生机，

我把葡萄与哈密瓜甜蜜的脆响，

我把邻里和睦笑逐颜开的灿烂，

我把处处静谧漫溢温馨的宁静，

都融进了一个村警的自豪里。

顿时，那泥土的芬芳，

野花的清香，

鸟儿的歌唱，

虫儿的浅吟；

顿时，那过往的艰辛

孤独的坚守，

结痂的伤痕，

村民的感谢，

全都融入了这自豪里……

头顶是蓝天白云，

脚下是千年厚土，

悸动与不安，刹那间消失，

光荣与梦想，刹那间绽放！

守 护

晨辉夕照里，行行脚印，径直走进岁月，写就我们的人生

愿望，注入脚下的大地，托起一个沉甸甸的责任

远山，稳住风的悸动；大地，收敛雨的肆虐

没有我们，城市和乡村就有风的乱窜，也有鬼怪的吼叫

义不容辞，我们会张大那张神奇魔幻的口袋

让褴褛的风，夹着尾巴遁形；让凄厉的鬼怪，绝望无奈地呐喊

让这块土地上，画框里的风景，舒心尽情地呼吸；清新的空气，流动优美的旋律

城市笑了，乡村乐了，我们的心就会灿烂起来

岁月带着我们，从春夏走到秋冬，虽然会老过山的模样

我们的脚步，不能停止，坚持天天丈量平安的里程

你掸落我肩上的尘土，我抚平你额间的忧伤

明天的日子，即便是风雨如晦，也一定会朗朗乾坤

看到，那一抹抹冲我们微笑的目光，感到蜜意情浓

那句话，便跃然齿上唇间

我郑重地告诉你，我们只有一个愿望

你的平安，就是我的追求，就是人间的四月天

盛夏，交警站在城市的音符上

夏日白刺般的阳光，燃放着白日焰火，无处不受炙烤，

交警，站在正午城市的音符上，指挥着一场盛大的交响乐。

起伏中，急管繁弦的曲调托起曾经的梦想。

过往的车辆享受着明媚的美妙。一曲流畅的天籁之音，

正从城市的四面八方涌来，合奏安全畅行的旋律，

鳞次栉比的楼宇沐浴阳光，花团锦簇的街道鎏金淌翠，

流动的韵律，使得这座城市景色不殊。

一首平安曲，为城市的流畅涂抹色彩，生动的内容在涅槃中幻化

美丽。

一颗忠诚心，在夏日的烈焰里留下清凉的深情，是熠熠警徽不变的誓言。

城市的灵魂，伴随着恒久的交响曲跋涉，

交警的身躯，在年复一年中，就站成了街头不朽的雕像。

阳光下的交响乐，是温暖夏日阳光洒下的一片绿荫，

这片绿荫，携着光明的温暖，清爽了整个城市。

落雪日

搜山结束后

对着天空

悲愤的火焰从枪膛喷出

天空下着雪

那个伟岸的战友

留给我们的

是迅速冲锋的背影

没有犹豫

只有迅疾

一周前，他拖着疲惫的身体

拄着一根木棍

带队搜捕在冷峻的大山里面

我不知道

已经长眠的他知不知道

那个凶顽已被正法

那些群众已经获救

为了除去那些寒冷的雪

他洒出满腔热血

老　枪

这些老枪

寂静地躺在陈列馆里

破旧而又锃亮

小米哺育的战斗精神

依然附满全身

仔细观赏着它们

仿佛读着昨天那段峥嵘岁月

这些老枪

就在时光里复活

英姿勃发

弹无虚发

枪林弹雨中，向日寇射击

让法西斯侵略者血债血还

喷火的枪管

发出的是不做亡国奴的呐喊

射出的子弹

挺起的是民族独立的脊梁

和平的阳光

沐浴着这些英气勃发的老枪

让每一个参观的人

肃然起敬

感到骄傲

"警察"的年味

谁都有一缕难舍的乡愁

那是岁月河海的堤岸

一扇半掩的乡音

一道尘封的风景

一段至真至纯的青春岁月

时常从几页稀疏的文字里醒来

日子载着年味越近

重温梦中的故乡越频

故乡月光里的那份皎洁

就是古井沧桑古树嶙峋的水墨画

风中的叹息拉着长长的尾音

仿佛看到了娘老屋门前的张望

听到了炊烟里轻声地呼唤

这些，已被定在日子的门框上

城市依然雾霾蔼蔼

钝化了我魂牵梦萦的容颜

一壶漂泊

在苍凉的文字里穿行

鞭炮的硝烟里

思索着搁浅多年的辽阔

半生了，多想在故乡的年里醉一场

多想在苍茫中的那垄春里狂奔一次

但我的使命让我在巡逻中

坚守这片热土的年关

我只能向家的方向站成风景

除夕夜里

万家灯火欢愉着平安的温馨

涟漪，在新年的扉页上

把我们的目光擦得锃亮

禁毒，誓将罪恶焚烧

1

昨天，那些妖冶的花儿

在废墟上开得艳丽

一只烟枪，打得妻离子散

一张锡纸，烧尽田地房梁

田野茫茫，发出声声叹息

一刹那，一个民族用尽了最后的力气

列强们张开的血口

一点一滴落进沾满泪水的大地

2

虎门销烟的旗帜

陡然升起

越过高山，越过平原

给国破家亡苦泪涟涟的大地

燃起了希望

不畏强权，心头注满失足恨

本是妖魔，誓绝烟毒净宇寰

一种家国情怀的无畏

一种万众一心的气概

掐灭了毒烟

点燃了炊烟

3

有阳光就有阴暗

有善美就有龌龊

死灰复燃的毒祸啊

在一些皱巴皴裂的灵魂面前

瞬间冒出　驻足　侵蚀

似乎快乐地手舞足蹈

一些人双脚离地，随风起舞

任凭毒魔吞噬生命光华

一些人吞云驾雾，幻觉蒸腾

任凭黑影在耳畔痴缠呢喃死亡之歌

倾尽财产与生命

倾尽自己与家庭

丧失人性伦理

沦丧为作奸犯科的魔鬼

毒品，像一个邪恶的巫师

一把抓住了他们的喉咙

把无知的人们

推向了万劫不复的深渊

4

在爆裂的罂粟花面前

我们真的无处可逃吗？

在狰狞的毒魔面前

我们真的能够沉默吗？

拒绝毒品，珍爱生命

我们不能沉默，我们没有沉默

种毒必除，制毒必惩

贩毒必肃，吸毒必戒

哪里有人群哪里就有禁毒宣传的身影

哪里有毒品哪里就有禁毒战斗的场面

我们无惧，我们英勇

我们高举手中真理火焰

誓将这座罪恶天堂焚烧

怀念战友

细雨，淋湿了黄昏

令残山瘦水哀婉唏嘘

思绪就像点亮的灯

照出记忆中的关山铁马

我用目光一遍遍呼喊他们的名字

回答我的依然是空寂的回音

那些远去的高山和激流

只能用文字诠释

一个个决绝的战场，一些枪声

让心灵缄默成殇

披上这些故事过夜，冷暖自知

潇潇雨后，一泓雨水泊月

泊出一段段热泪盈眶的记忆

风吹尽长夜，天籁浑然成诗

怀念年复年

打钢钉的手

打钢钉的手，透着寒意

明晃晃如刺，扎在我的心头

如冰，堆积在血与肉的身躯

层层地融化开去，化为意志

打钢钉的手，带着执着

威严的神色，映入我的眉角

似枪，涤荡那阴暗处的幽灵

一声声清脆入耳，倾听胜利

打钢钉的手啊，擎着警徽

棱角分明的脸，筑牢梦的平安

像战士，用钢钉告诉我全部

他用他的手，他用他的责任和坚定，想要合上那道裂痕

背 影

穿警服的背影，拄着拐杖

穿过静静的长廊，用四维空间大幕

回放着一段段曲折超能的强大

单拐敲击的鼓点，合奏铿锵绽放旋律

演绎着铮铮铁骨的柔情与忠诚

慢慢走过长路

那些黑暗，轻叹若魅

惊惧地抽搐溜走

那些光亮，温暖如旭

欢愉得像只调皮的萤火虫

生命的过程，如一条大道呈现的是不屈与傲骨

长影如歌，流淌岁月的一定是信念和坚贞

决然是正气盎然，与天地同在

无悔染万古长风，也依然故我

爱向平安

——有感公安部"公安文化基层行"赴疆慰问演出活动

严寒的冬日

燃起热瓦普豪迈的激情

飘舞的雪花

跳起麦西来普欢快的喜悦

一个来自远方问候平安的团队

一场饱蘸真情温暖警心的演出

情从歌里飞出

爱自舞中溢来

涤荡邪恶的雷霆一幕幕

扶危济困的春风一场场

火红的岁月，记录着先烈的荣光

火红的青春，绽放着生命的光华

一场场演绎，诉说着气壮山河的忠诚

一场场演绎，诉说着感天动地的誓言

这些流汗受累的身影

被轻轻拂去疲惫的尘埃

这些流泪流血的心灵

被暖暖抚平疼痛的伤痕

天山不老春常在

歌飞警营情满怀

一路温暖，一路激励

向着平安，奔向战友

煮一杯暖阳

把你的影子掰碎

撒在上面

啜饮于心

思念在内

回忆在外

就这样安慰自己

清明雨

已然约定。似无约定。

泪雨格外缠绵，点点滴滴，絮絮叨叨。

天雨尤为悱恻，丝丝缕缕，淅淅沥沥。

这场雨，都是为了这个雨打花落、落地成殇的日子。

都是为了那份只能疼在心里的无限怀想，不尽追忆。

好梦一场，再无踪迹。

说不出的滋味，道不明的忧伤。

怎奈，思念就像春藤一样蔓延，就像泪雨一样滂沱。

我们只能在一片荒草丛生中彷徨。

只能把那一段心香，交给这场雨，揉进泪里，由雨倾诉。

似是清醒。已经清醒。

清明雨洗刷了我们的心境，倾诉了我们的问候和安详。

它蕴含着生的波浪，展现出鲜活的烂漫。

它弹奏起生命的音律，和出美妙的声音。

它用雨水把阳光渗入骨髓，用泪滴催开繁花朵朵。

它让我们在磐音中寂静涅槃，让我们在滴滴念念中上善若水。

岁月沧桑，世界依然，生命依然，生活依然。

清明，雨纷纷……

这一夜

几名警察

一夜地疾走

一夜西伯利亚的风

雪原寒夜

救援辞退了畏惧

紧急鼓足了勇气

爬冰卧雪，抗风斗寒

脚下布满了夜雪狡黠的陷阱

荒野的行走

惊动了清辉冷月的心疼

隐约的冬树，睁大眼睛

护送一程又一程

泊雪汽车，挣扎站立

突突着不让雪锅熬了大汤

瑟瑟羊群，挤堆乞怜

咩咩着不让雪野下了饺子

突奔救援，一番滚烫的话语

跌宕起伏，一炉旺盛的炭火

相安无事了也就无须表白

让它装入一夜的月光

让它缝进平安和吉祥

清晨的朝晖，雪原悦动

紧张的内心霎时清爽

雪原感染情绪，现在开始

大地上开满洁白的幻想

释放出慈悲和潮润的温暖

我从远方来新疆

1

我从远方来看你

云朵在画布里翱翔

草原飘逸成五彩绸缎

山水可恋

一股挚念的情愫

在我心间生长

2

走近比天空湛蓝的湖水

扑面而来的光影

让眼睛明亮

让心房温暖

周围绽放的花朵

散发醉人的芬芳

你看着我，我看着你

用喜悦交换喜悦

3

轻轻撩拨虚掩的山门

刚毅和俊美一泻千里

似一幅凝重的画

如一首深邃的诗

是一个清新的故事

惊诧，还是惊诧

我像那颗飞鸟衔落的种子

只想在此发芽生长

无可救药

4

遇见你，就像遇到我自己

遇见你，就像遇到我家园

曾经实实在在的城池

已经演化成了故乡

我在你这里，展开了我的

风花雪月　柴米油盐

迎着明媚的阳光

我把自己开成喜欢的颜色

我走在南疆的春天里

南疆的春日，总有一些狂妄

如那些沙尘暴　那些浮尘

偶尔舔舐着一切新鲜的物象

包括那些最先露出花容的杏花

艾德莱斯鲜艳的裙裾，姑娘的脸庞

黄色黏土的房屋，冬麦青青的发丝

狂妄毕竟只是暂时的

总会被美好湮没，代之而起的

火红的花和滴翠的绿

靓丽的服饰，灿烂的面庞

巴扎的喧嚣，田野的忙碌

一切都像歌在颂生活的意义

于是，大人小孩的眼眸里

充满了希望，如阳光

我走在南疆明媚的春光里

将自己心扉的门窗打开

让希冀的种子

随意滋长

维吾尔小夫妻

两个人，操持一个院子

院子不大，稍显逼仄

我询问每一个角落

它没有直答，略带羞涩

看得出它的勤勉，它的坚毅

小伙儿拾柴担水

俊媳妇淘米切肉

一双忙碌的身影

和渐渐升起的太阳一起

消散冬晨的清冷

灶上一锅滋滋飘香的抓饭

像一首韵味十足的诗

内容是生活

香味是爱情

味道醇厚而悠远

两个人，走向季节深处

如果有雪

一起白头

三个维吾尔房东大嫂

第一个房东大嫂，干练得像个职场白领

为我们铺好用新棉缝制的被褥

我自带的那个睡袋，被冷落在一边

委屈不言

第二个房东大嫂，谨慎地操持着拮据的家

午饭端给我们的三碗饭，都有一大块羊肉

她的家人，默默地端着一碗汤，就着馕

不约而同，三块肉回到他们的碗里

一屋子温情流动

笑容，一直挂在第三个房东大嫂的脸上

进门，总有一杯烫茶递进我们手里

深夜归来，总有一盏灯在等候我们

我看到她眼里浓浓的亲人般的情愫

冬闲万物农人忙

小雪节气以后

一季的收成填满各式的仓储

村庄和农田显得气定神闲

只有雀儿还不消停

晒着太阳　叽叽喳喳

房东库尔班大叔扛一把坎土曼

来到自己的棉花地

拢一拢田埂，捡一捡枯枝

站在田埂上，满足地看着

用报纸卷一支莫合烟，微弱的火苗点燃

猛抽几口，咳嗽几声

咳嗽声就像棉苗拔节的声音

露出的微笑，宛如棉桃开出的花

天暗了下来。那些做小生意的后生们

骑着各式的摩托车电瓶车回家，明亮的车灯

呼应着库尔班忽明忽暗的莫合烟，他笑语着

冬来万物闲，农人冬也忙

乡村路遇

"小巴郎，你叫什么名字？"

我在村子里问一个，路上与我打招呼的

我见过的维吾尔族少年，

我突然想到了许多问题。我本想问他

怎么会说一口流利的汉语

或者彬彬有礼的事情。

他很文静，站在我的对面

双手扶着崭新的双肩书包背带。

"阿里木·玉素普。"他甜蜜地笑着说。

我忽然想起几天前见到的，

我的维吾尔亲戚的邻居，小巴郎的父亲

他笑着说"我叫玉素普·艾尼瓦尔。"

一边说着，一边跨上他的大型拖拉机，

爽朗的笑声淹没在机器的欢歌里。

"叔叔，你说上海好，还是深圳好

我要好好学习，想在这两个城市上大学。"

"都好。"我不置可否

此时，我分明感到村子里到处是清新的气息。

我忍住眼泪，告别乡亲

是真的要走了。远处的乡亲们越来越模糊

眺望田野，总能揉出眼泪

我不能哭泣，尽管心里有难舍的情愫

返程的车上，我也不是真的想睡

但睁开眼，那些景物就会让你亲切得黯然神伤

让眼皮沉重吧，假寐，或许能掩饰心中的鼎沸

真的很留恋，那个在喀什冬天开始的结亲

我与伙伴，是抱着怎样惶惑的心情

我不是一个完美的理想主义者

但曾经确有一种愿望，一种责任，一种担当

欣慰的是，看到了希望，习惯了来来回回，像一只候鸟

南疆春雨

我的南疆，春天

尽管有浮尘掠过

村庄和城市，依然露出

和煦的柔情和朝气，期待

那场浸润心田的邂逅

昨夜

西风漫卷之后

这场春雨，随风潜入

润润地滑过南疆的眉间

滑过有人或没人的街口

在枝头　屋顶　荒原逗留

魔幻般变出的一芽绿

像婴儿的唇

土腥味在潮湿的空气中弥漫

绿的影在撂荒的田野摇曳

大人小孩在淅沥中兴奋着

南疆的世界

就这样被你搅动

滑进心里的那一滴

打湿了多尘的春季，也

潮湿了戈壁和村庄

滋润了一抹思绪

我看到，我的南疆

正在欣然茁壮成长

春　耕

翻动冰碴的泥土

如点燃了封存已久的沉香

越冬的种子打着哈欠

跃入芬芳的牙床

做好了发芽的准备

在南疆亲戚家的地里耕作

带着诗般的露　花样的美

带着民族一家亲的炽热

忙碌的农事由此记载

整地，施肥，浇水

汗水从我们的额头上滴落

滴落成那抹成熟的秋韵

摩托巴郎子

他骑着摩托车

将喇叭摁得嘟嘟响

不是在热闹的人群

而是在寂静的田野

那些玉米棉花及草木

都羡慕地看着他

这是一个时髦的农家巴郎

喉结刚刚突出一点

骑着摩托劳动后回家

按响喇叭的那一刻

像个得胜凯旋的将军

越过这片田野

他又按响几声喇叭

向着那片炊烟袅袅的温馨驰去

在南疆（组诗）

村里的孩子

村里的孩子，那么纯真

如同土里生长的另一种庄稼

以自己特有的方式

合着明媚的阳光

以穗花的姿态迎风开放

快乐无处不在

像咩咩的羔羊般自在

一群麻雀

我走过时，你们叽叽喳喳

我停下时，你们鸦雀无声

真不知道你们议论什么

是聒噪，还是嘲讽

我只想告诉你们

我在想,有关春天的心事

孤独鸟

站在一根电线上面

左右都是电线

虽然我不啾鸣

却依然期待

天地间，还有许多孤独

需要孤独者，蓄满期待

忧郁的时候，我会想到阳光

想到会振翅飞来的你

我不是候鸟，我有家园

我有蓬蓬勃勃的春天

虽然有点望眼欲穿，等着你

鸡妈妈

有着金鸡独立的风姿

有着草木皆兵的敏锐

面对陌生的来者，警惕

我是这里的主人

这片青苗与核桃林，是我的领地

我不摇羽扇，但需蛛丝结网

为护这些小鸡仔

可以风口听风，浪尖击浪

造物主创造了我

给了我羽化的翅膀

我要我的小鸡，在阳光下

灵肉饱满的成长

长出青鸟般的气血

芳华绝代

生命，就会一页页坚挺起来

送别

清晨收拾行李

就看到悄悄抹泪的你

你比往常起得都早

挥别的时候

那几只鸽子，那群羊

比往常乖巧

已经整齐清洁的院落

我们一起施肥过的农田

与地埂上排排白杨树一起

久久地行注目礼

车已行远

我濡湿的视线里

依然看到站在风口

挥手的你

在南疆过元宵节

元宵用千年的精粹

与泛青的白杨树一起

拉长年的韵味

撑起春天的时令

一碗元宵，一盆火锅

一起赏月，一起甜蜜

几个民族的兄弟姐妹，欢快中

让《诗经》《论语》和福乐智慧

在新的语境中快乐生长

我们的生活，就在

村庄和庄稼的萌动里

在欢笑和交融里

让万物羡慕着聆听和注视

于是，我们的心里

开满同心同向的花朵

最后的奔驰

我像一个悠闲的老者

坐在你的车厢里

经过每一个大站和小站

礼貌地停让快速行驶的其他列车

胜似闲庭信步看风景

没有急切只有惬意

一路上我听得出来

你用衰老的哐啷声

坚韧地律动着自己的节奏

展现最初的誓言和豪迈

在绿色的外表下

你一生都有着坚定的信念

有着周到服务的热情

诠释和平的内涵

你的使命

就在这一趟戛然而止

我的心情

就在这一趟五味杂陈

也许，你的解体

对于钢铁的你

只是肢解后的重生

对于你的乘客

却是时代的印记

是过去与未来的承接洗礼

最后的奔驰

冲向希望的未来

在南疆的亲戚家（组诗）

笑靥

我坐着

你们，一动不动

只看见笑意在流淌

我们，走进你们的生活

愁绪散了，你们笑了

笑意缓缓地静流

心与心紧紧连着

命运，如鲜花绽放在春天

家常

天湛蓝

鲜花绿荫映新院

勾勒一副美景画

出口的万寿菊正芬芳

窜高的棉田

抱着饱满的棉桃

让亲戚唠嗑个不完

芒种

大热慢来

伯劳鸟出来轻佻

愚昧无知的聒噪

让麦穗笑弯了腰

麦穗是经过大寒的

懂得这炙热的浪漫

唯有此刻，才是

它们花开的春天

生活的剧情

成熟才是圆满

你收割了它

它丰盈了岁月

山羊

初见你时，蹦跳着跑远

不知是害怕，还是害羞

送你几牙西瓜

算是我们的见面礼

跳跃奔跑，咩咩絮叨

从此，小可爱成了你的代名词

有我的地方，就有你的围绕

双眼皮下大眼睛藏不住喜悦

你在了解我

我在读懂你

在我面前你向人的灵性进化

在你面前我把羊的纯真吸收

快乐的日子

时光不再寂寞

远去的行囊

聚集了你忧郁的目光

转身时刻，脑海中的你

幻化成敦煌壁画里的九色鹿

如精灵的化身，让我明白

人的一生不求深刻，只求善良

时光

时光是多彩的

当一家亲把阳光种满村落

日子变得鲜亮起来

于是，这个村落

载着美好的憧憬

正专注地在走路

在水沟里嬉戏的孩子

像一条条鱼，在入水的刹那

平静的一泓水，被搅动得

心花怒放，绽放菊花般的笑脸

水花跳得老高，哈哈大笑

小沟大气概，浑水能搏击

在水中，他们灵魂放松

呼吸舒畅悠长，欢乐从容

轻盈的形体，如鸟儿展开翅膀

仿佛世界比天空大海更空灵　　更浪漫

岁月的眼神，击退生活地重负

穿透村里的田间地头，穿透时光

未来，一片天地

畅游大海，搏击长空

篮球少年

少年浅暖的微笑

抱着比拟篮球的皮球

他们的笑，有点暧昧的味道

篮筐有点简陋

动作也很稚嫩

对体育的梦想谁敢嘲笑

风鼓动着，一次次投篮

抛物线在阳光下闪亮

心如浪花飞溅，欢乐从容

不知道什么是AC米兰联赛

只学电视篮球赛的样子，奔突跳跃

让时光划出紧张和刺激

他们的梦啊　　就是进球

他们的梦啊　　就是快乐

真的不问简陋不简陋

真的不管可笑不可笑

在这块属于自己的领地

旁若无人地尽情投入

收获激动与快乐

我在南疆结亲（组诗）

抵达

我以家人的姿态　向你接近

我只想在你的绿洲和戈壁

结出石榴籽一样的果实

亲人

我们是不同民族的特殊亲人

我把这两个字拆开了，仔细端详

找到了一家亲远古融合的血脉

生活

在夏季火热的眼睛里

我举起欣慰

看到了村民的生活

劳动

河水奏响音乐的时刻，我把目光

定格在河岸酣畅劳作的人们

我的骨头，蠢蠢欲动

爱情

一片青葱的树林里

有一对青涩的恋人

让两只鸟儿屏声静气，停止了歌唱

万寿菊

短暂绽放燃烧的岁月

让村头那颗遒劲弯曲的老柳树

揣度着各自生命的饱满度，唏嘘不已

巴力

每天陪着失而复来的故人

感到了巴力这个狗东西

人走茶不凉的德行

牛

一辈子耕作大地

在拉不动人类欲望的时候

逃脱不了卖给屠夫的命运

夜晚

这些突奔而来的羊儿

把主人围在后院　咩咩直叫

诉说着饥肠辘辘的一天

戏水

光腚的小孩，像一条条鱼

在入水的刹那间

上演一幕快乐的童话

阿曼尼汗

在博物馆，仿佛回到千年前

十二木卡姆的歌声美妙

总有一些传说错过与遗憾

初秋

初秋，如约而来

相逢，落满从容而简白的晨光

一种意念，无关季节与暖凉

喝酒人

一盅一杯的噎咽

他问面前的一盘花生

花白胡子的我还有没有未来？

小鸟

扑闪着鹅黄的嫩羽

迎接归巢的母亲

仿佛看到它将要飞起的高度

火车上

手机拍照，窗外江山壮美

手机聊天，话题千里之外

沉寂，相邻若比天涯人

走进帕米尔

山峰之巅，必然冷峻

诠释高处不胜寒的真理

把故事刻进弯弯曲曲的褶皱里

世界屋脊，有着延续亿万年的沧桑

车出喀什而上，一路惊叹

惊叹葱岭或帕米尔，还有

——掠过山河湖泊

喜马拉雅，喀喇昆仑山，天山，兴都库什山

慕士塔格，瓦罕走廊

这些蜿蜒曲折的巨龙

不曾让人望其项背，就是它们

却围绕在帕米尔的周围，四方奔腾舞动

恒久以来，对它顶礼膜拜

它以豪气冲天的气概

用自己的身体打了一个扣

把这些放荡不羁的巨龙束缚

我用有限的时光，不停地行走和寻找

感受着高原，有多厚的黄土就有多厚的奥秘

每一块石头都会讲述一些故事

我从雪域高原的袖口掏出一叠文字

读到了万山之祖的博大深奥

夕阳西沉，石头城上

帕米尔将浑圆的落日吞下

我在美丽如画的高原风光里

感受着这落寞、这苍凉，还有

遗落在高原上的千年史诗

我拾着一道道谜面

一遍又一遍地念叨

历史，是否在某个迷茫的黄昏

被埋进深深的雪域

与鄯善一座沙山的诗情

一座沙山有时安静有时躁动地雄壮地矗立在我的面前，

抑或那片遒劲的沙枣树，一直守候。

经常，想活成一米沙粒，

投入你的怀抱。

雄壮，抑或优美是一种神奇的吸引力。

一座匍匐着的沙的山脉，

就这样吸引了我。

那些诗歌中的美好都来自幻觉，

其实我与钟情的一座沙聚的山脉，

连着城市和树木，

融入在一起。

寂寂的夜里,

一座沙山飘舞起来,

用力量和雄浑,时常扑入我的梦境。

一座沙山就是我情意绵绵的情人,

萦绕在梦里。

你收进我千千万万颗被相思缠绕的沙粒,

你轻轻擦拭我眼中相思的泪花,

你细心理顺我凌乱的丝发,

你拥抱我寂寞忧郁的灵魂。

我用我柔弱纤细的身体拥抱你,

我听到了你体内脉搏的铿锵有序地律动,

你像个白马王子微笑着看我,

你像我的村落,

抑或是黏土垒成的有着浓郁西域风情的家。

在梦里,我们欢舞,

倾诉着不离不弃的衷肠。

黑夜紧抱夜幕，

你搂紧绿洲和树木，也搂紧我，

那种磐石般的坚守，

让人肝肠寸断。

你抛给一个爱怜的眼神给我，

你把甜蜜而粗重的鼻息呵护在我的额头。

我庆幸那个梦里遇见你的人是我，

我们的空气中弥漫着沙枣花的馨香。

我唯有天天吐出一朵如莲般清凉的名字祝福你，

你唯有用心写下一阕一阕的喜相逢寄予大漠瀚海。

生命凝重，誓言坚定。

一遍一遍描摹你的形象，

在呜咽的厉风里，

你聚拢弥天的沙尘，

相爱的甜蜜融进小城万家灯火，

织进生活花团锦簇。

黄沙伴绿洲，

蜜意日日浓。

不管岁月的风沙如何弥漫，

也不管相守的道路如何艰辛，

落日的黄昏，

总有我们厮守的目光。

我深深地理解一座沙山的孤独，

月光洒在褐黄色沙的海面。

我唯有默默地，

相守那份千年的柔情，

我才能变得心安。

相守我这个璀璨的丝路明珠和爱的王国，

一天天度过岁月的光阴。

交河古城的一蓬野西瓜

时光把沧桑和兴衰镌刻成废墟

那些残垣断壁似乎在诉说着

遥远的过去，迷茫而又无奈

在寸草不生烈焰蒸腾的生土建筑上

唯有你郁郁葱葱地匍匐在那里

用生命的坚贞和顽强

默默地守望着故乡落定的尘埃

还有那些逝去的各种各样的

曾经鲜活的生命

往事总会不堪回首

谁能够说繁华和颓废

我们自己可以选择

虽然如此

我们仍然可以找一块空地

晾晒一番自己

让心情葱茏起来

舒展成一束灿烂的花朵

或者，把根扎在二十五米以下的地

以大地对根的情谊

抚摸交河欢快浅唱的溪流

把自己化成一座废都城池的希冀

然后又以蓬蓬勃勃的姿态

向这座城池昭示生命的继续辉煌

这样的时候，我知道了交河故城的生命

是另一种外化的表现，依然鲜活、光亮

此刻，我只想做一蓬勃勃生机的野西瓜

不与万木争荣，孤独地坚守在废墟之上

让那些悠远的文明梦想能够灿烂绽放

吐鲁番，漫过香甜的长风

如果一滴雨，会复苏一个春天；

那么，在吐鲁番，一粒葡萄，

足足复活并延续着一段段不朽的绿洲文明。

阿斯塔纳古墓惊鸿而出的那颗葡萄，

娓娓诉说着那段或委婉或惊心动魄的悠远故事，

如泣如诉，如歌如唱；

洋海墓地那根栩栩如生的葡萄藤，

款款讲述着老子、庄子、管子等"诸子百家"

那个时代登坛讲学的种种传说，

丝丝入扣，点点入心。

曾经盛唐的都城，

吐鲁番葡萄乘坐丝绸之路快车，

在西域胡服、音乐、舞蹈、乐器的陪伴下，

登台亮相，在长安掀起流行时尚的风。

葡萄，在吐鲁番，

像一场远古刮来的风，绵甜而悠远。

走进葡萄沟的密林，

一沟绿，一渠水，

流淌着琴声流淌着歌声流淌着笑声，

生长着黄土生长着历史生长着智慧；

穿过青年路葡萄的长廊，

一条路，一阵香，

鎏金洒银醉了多少岁月的日子，

芳香怡人酿造了多少生活的甜蜜；

如今的葡萄城，多少人踌躇满志，

赏心悦目寻找着克里木种下的那棵葡萄，

寻觅着阿娜尔罕那娇俏身影，

吮吸那些璀璨文化的芳香。

葡萄，在吐鲁番，

像一场远古刮来的风，绵甜而悠远。

在心灵的栖息地，

吐鲁番的葡萄会触动你最柔美的脉动。

春天，它打探成熟的消息；

夏天，它酝酿羞涩的心事；

秋天，它奉献多情的甜蜜。

不能不敬佩葡萄那一条条绿色的藤蔓，

迎着吐鲁番热辣的阳光，

沿着藤架向上，向上，再向上；

不能不敬佩葡萄那阳光的历程，

一路舞蹈，一路结果，

一路不懈着顽强的生命追求，

一路挥洒着高昂的边塞诗意。

葡萄，在吐鲁番，

像一场远古刮来的风，绵甜而悠远。

巴里坤写意

一只雄鹰，在北天山上空

自由地翱翔，

一坡松林，在昂首傲立

直插云霄，

一片蓝天在倒映着青青的草原。

松树塘裹立在高山之上，

阵阵松涛，激情热烈，

山脚下小花遍野，

花枝招展，笑逐颜开，

远处的油菜花随风摇曳，

阡陌连片，金黄灿烂。

好一个色彩的世界，

好一幅艳丽的画卷，

好一首味浓情绵的诗篇。

白石头，镶嵌在无边的翠绿之中，

流芳着忠贞不渝的千古传说，

诠释着永远不朽的海枯石烂，

昭示着绵延不断的痴情赞歌。

哈萨克的男人，

飞身跃马，铁骑胯下，

汽车轰鸣，粗犷豪迈，

脸堆微笑，意气风发，

驰骋在青青原野，

欢撒着满心的喜悦。

哈萨克的女人，

长裳艳彩，风姿绰约，笑容可掬，

端着香喷喷的酥油奶茶，诚挚待客，

茶香中飘荡着醉人的幸福。

天山天堑变通途，

一路欢歌一路笑。

没有了崇山不越牧居一方的悲哀，

没有了张骞出使西域翻越古道的艰险，

没有了班超征战古道掩埋将士忠骨的壮烈。

看到了坦途两侧的壁立千仞，

听到了潺潺小溪的欢歌笑语，

赏到了羊白草绿的如画风景。

飘逸缎带般的通衢，

穿梭在崇山峻岭，

一头连着大漠的粗犷豪迈，

一头牵系着草原的细腻柔情。

听吆，远处悠扬悦耳的歌声

在草原上婉转深情地流淌，

蓝蓝的天空，洁白的羊群，青青的草原，

那是我的家，我爱你……

在瓦罕走廊玄奘碑前

站在沟壑口的这块石碑

像一位临风的高僧大德

满腹经纶

孤峰绝顶万余山峦的攀登

方知取经路的迢迢

长安与烂陀寺相遇的追寻

串起梵音渺渺

硬骨头的亲师啊

你可否用那

驾驭般若世界的长风

让那些虔诚的灵魂

做一个从善如流的真正行者

白沙湖

一泓幽蓝的水

一座白亮的山

依山为纯

伴水为洁

幸运的水啊

镶嵌在帕米尔腹地

缱绻在白沙山臂弯里

让往来的旅人

信心满满地来

恋恋不舍地去

静坐在你身旁的白沙山

不离不弃　不悲不喜

让人心生嫉妒，自己

是否也能跳出世俗的红尘？

走近慕士塔格冰川

心跳到嗓子眼儿了

才走到你的面前

四千多米的海拔上

望着你　呼吸短促

你有厚度的身躯上

满是岁月的刻痕

入木三分

全是功夫

道道冰川似剑　似斧

那些舞剑弄斧者

定当是一些

道行高深饱经风霜的岁月老者

你面前的跋涉者

迟迟不肯离去

他们是否也想掬一捧

亿万年圣灵的水呢？

抚摸石头城

像一位临风的圣贤

许多年前轻轻地一跳

跨上了库尔干这匹天马的脊背

天马长啸

你傲然雄踞

当地人都说

摸一摸你石头的身躯

就会一生平安

是真的吗?

在我的眼中

你聚石成城

那雄踞的姿态

一定很不轻松

这么多年来

我挖空心思

只想弄明白

你跟对面金草滩的长溪

还有四周巍峨环绕的群山

都是什么关系？

可是　来去的风雨

只对我友好地笑一笑

什么也不说

遥望公主堡

多好听的名字啊

多么想走近你

千里迢迢接近你时

塔什库尔干河水在咆哮

脸色如墨

卡其拉峡谷眼闪寒光

万丈深渊

我有一种被吞噬埋葬的感觉

怎么也无法想象

外面阳光正好

那位久远年代的汉族公主

就住在这个城堡

还有那个从太阳里

走下来的俊美男子

连同一个美丽的传说

我们自认为强健的身体

被寒气逼得再也不敢逗留

好奇的目光

只能硬生生地收回

金草滩

走进金草滩

就走进了一段时光

走进了一种情绪

像一杯清茶

似一壶老酒

夏日的这个清晨

金草滩的温度

比清风更轻

比细雨更细

牛羊悠然地吃草饮水

毡房袅袅的炊烟缭绕

小溪吟唱　小草盈笑

缓缓游走中

赏一程　笑一路

洗净尘世的烦忧

享受惬意的盛夏

赶快回头

看一看

雄踞上方的石头城

投来羡慕的目光

硅化木

一段葱茏的青春，亿万年前被地壳运动的噩梦埋葬

一段灰暗的历史，经历万般痛苦的孕育点化成石

葱皱的躯干，写满了古老的沧桑，丰富的史话

坚硬的灵魂，带来了日月的神秘，不朽的魅力

最初的冲动，是一抹伤心的往事

也许，过往青葱的生命，只是摇曳的风语

也许，现在坚固的灵魂，才是最美的表达

最终的结局，是一个美丽的童话

淬了火的灵魂，才显得清净

透过树梢，一大片莽莽苍苍的林海在眼里闪烁

站在硅化木旁，我相信了一种

她高贵地或立或卧在那里，一副幽静的样子

生命中的风景，自然里的生命，高贵的尊严，傲骨的威力

充满了痛苦，溢满了悲愤

葡萄树

农人，把葡萄藤埋进土里

放眼田野，也就把秋埋进土里

灰蒙蒙的云，飘荡在思念的天上

西北风，冻僵了戈壁的一段时光

以流动的姿态，攫取一片肆虐的疯狂

站在深冬的窗口，等雪飘来

漠野，那些稀疏的树木

互相抚摸着，被风折断的枝丫

刚毅地注视，葡萄藤隆起的土堆

风停了，雪化了

时态与境遇岂能一致

开春后，树冠圆如从前

开春后，葡萄蜜汁流淌

塔里木的胡杨林

如果沙漠是一片海

塔里木的这片胡杨

就是大海上的绿洲

那条母亲河

是岁月里流淌的歌

这片胡杨，在沙的瀚海里

葳蕤坚毅顶天立地

枝蔓如轻扬的美髯

沧桑中的俊美

从嶙峋的骨子透出

这些胡杨，铅华尽逝后

顽强地唾弃腐朽

静美的拥抱大地

向天地昭示

自己的不屈与不朽

这些胡杨，你不得不

肃然生出一种敬畏

与他们相处交流

会深刻地感受到

它不是纯粹的树

它是一片有着灵魂的家园

这片胡杨啊

是心灵律动的震撼

是挑战荒芜的旗帜

是诠释生命的赞歌

阳光中的葡萄廊

幽径，一蓬葡萄遮盖

我的路上，只有你

清晨，邂逅，两个影子慢慢靠拢

太阳赶来之后，轻轻洒下斑斑点点的金花

连同葡萄为我们描摹的风景，一起装进行囊

牵着手，走进浓郁香甜的长廊深处

一路上，我们研读被时光渲染的蜜意

然后，一吟一唱地融进一首歌里

蘸着那垄青春的藤蔓，用明快的旋律

填满空白的日子，聆听那一缕缕酿蜜的声音

廊里，隐去风雨，贴上那轮温暖的艳阳

沧桑的廊柱上，镌刻着一句句箴言，心里怀揣阳光

斗转星移，时光如梭，一对幸福的影子始终灿烂在葡萄的甜蜜中

小曲，悠扬动听，直把一轮艳阳唱圆

三月，萌动的南山

每到这个季节，

就要急切地去南山寻找，

站在春的垛口，

看看你到底酝酿一个什么样的春天？

我能感觉得到，

已在逐步消融的这片雪海下面，

萌动着一个欣欣向荣的场面。

经历最后的料峭，

这片山脊的一切，

都向着太阳微笑。

红柳、梭梭草悄悄昂起了首，

泛着青春的活力，

随着燕雀的呢喃、雄鹰的展翅，

化入东风飘荡的山谷。

苍翠笔直的松柏，

把山沟里座座精致的小桥，

轻轻地揉进如画的风景。

我听到小河欢快的声音，

像是在吟诵一首春天的诗篇。

南山，就这样被一个笑靥如花般的春的少女，

如痴如醉地映衬了那片松之海；

她瞳仁流转，如吟如唱地装点了那些溪流；

她长发飞泻，如虹如月地点亮了那座山脉的灿烂。

我的心就被南山一池的云影，

一天的涛声，一山的艳阳，

一袭盈袖的暗香，

痴痴地拴在了这里。

三月的南山，

有思念在萌动，

流动的风里都染了别样的香甜，

奔泻着酪酊的芬芳，

很美，也很想！

三月的南山，

让我的脚步充满了向上的力量，

也充满了诗和远方！

这个七月

诡谲变幻的云

是演绎过往还是揣摩天机

天空，用湛蓝的微笑

来表达炽热的灿烂

七月的历史经历了凤凰涅槃

从南湖的红船到天安门的宣告

一路风雨如晦，一路高歌猛进

七月的星星之火让天空流火飞度

眼下，正是新时代的艳丽蓝天

彩旗招展下多汁多蜜

七月的天空风云变幻

俄罗斯红场旁的绿茵场轰轰烈烈

法国克罗地亚燃起巅峰对决的狼烟

世界杯在一场暴雨中曲终人散

留给世界一个新传奇在传颂

七月，空气中黏稠胶着的气氛

是柳暗花明别有洞天的前奏

真理和正义的光芒必定炽热

顽强和拼搏的动力一定是前进

七月，终于有了一场没有爽约的雨

谁能说不是一行行激动的泪

分明有微笑在脸上荡漾

一种新的透彻

正在款款而来

深秋的大山

吸纳太阳的火焰，

点燃自身的火把，

一座山就像一个大画板般绚烂；

照耀秋日的天空，

酿造深处的宁静，

一座山就像一袋旱烟似的悠闲。

红绿橙紫在金黄的旋律中跃动，

深浅的缘分欢愉相拥，

浓淡的情谊急切密织；

山珍果蔬在丰收的喜悦中灿烂，

孕育的辛酸莞尔释放，

丰盈的情怀倾情抛洒。

天把金色赋予山，

山就把自己装扮成金光闪闪的世界，

让心情格外美丽；

天把充实给予山，

山就把自己的富有慷慨回报给世界，

把收获尽情奉献。

山里的人们宛如一片闲云，

不求闻达，只愿恬静怡然。

而我，只有满山坡的疯疯癫癫，

拾捡诗句，笑盈盈地与你分享！

我和雪花有个约会

冬的跫音

就是我们的佳期

我和雪花有个约会

我以优雅婉约的姿态

看着你轻盈飞舞

一袭素衣而来

你飘逸无尘的倩影风华

迷醉我满眼最美的风景

我以凝神屏气的宁静

聆听你飘落的声音

满怀季节的心语

你用妩媚落花的柔情

盈满我满心梦幻的色彩

我以细腻虔诚的感悟

读懂你纯真飞扬的心思

一个剔透晶莹的灵魂

冰清玉洁

超凡脱俗

你纯净无瑕的情怀

把我的俗念和烦忧带走

我和你约会在一起

我们静静地相对

你飞雪倾城

我物我两忘

欣然，一场雨和雪的相遇

深秋。需要荡起一圈涟漪，沉暮才会出现一线生机。

一场秋雨，一场飞雪，同时上演，漫天舞动诉缠绵，话交接。

出奇，是为了不让眼前的衰落无奈成哀叹。

一种形态的衰败，必然被又一种形态的希望所代替。

希望，穿透寒冷，穿透世俗，穿透痼疾，绽放在目光里。

于是，绿瘦黄肥，落叶成泥，顺从雨水飞雪的叙述。旁白，丰富多彩。

一场纷繁的场面，给足期待的希冀。

城市，崭新的故事在上演。刷洗纯净的修辞，舒展在不歇的奋进中。

时光匆匆，一切都在更迭，一切都在变化，谁也不愿挥霍。

秋雨，如汗挥洒，一点点收获辛劳。初雪，好似欢庆，一片片寄语丰收。

心情随着雨的琴声，雪的舞姿，明媚灿烂。

室内，铺开纸笔，让窗外浪漫诗意浸染。

隐隐的青山，曼妙的街影，被风抚慰疲惫的双肩，看在眼里，喜在心里。

把丰盈的秋运回家，把童话般的冬迎回来。

湿润的目光，瞬间情意绵绵。

欣然，一场雨和雪的相遇。

行走在下雪的大街上

1

雪花款款坐落在长椅上

仰望着街上挂满的红灯笼

静静地咀嚼着幸福的滋味

一种喜悦涌上心头

2

和雪球滚在一起

与雪人喃喃而语

谁能说出这个世界

有比这更纯净彻底的浓度

3

伴着雪盈盈的舞

温馨缓缓地行走

心里流淌的是诗的情

耳里舒缓的是歌的韵

4

儿时慈祥的外婆

柴火炉上烤热的小棉衣

一个个飘雪的时节

温情了我的一生

5

立于季节的掌心

落雪无痕

屏蔽忧虑

有莲开的心境

西域的冬天

你的到来

充满了不落俗套的表达

那种喜悦

冲淡了飘零黄叶的忧伤

在季节的拐弯处

我遇见你

款款而来，盛大登场

白杨树，迎冬雪

一片片，慰勤勉

谁在戈壁瀚海立标兵

在季节的拐弯处

我遇见你

傲然挺立，不论寒暑

胡杨林，陈往事

一声声，征途曲

谁在西部边陲话沧桑

在季节的拐弯处

我遇见了你

傲然挺立，生死千年

青山已白头

碧草已凋零

茫茫大地起寒烟

纷纷雪花舞苍茫

在季节的拐弯处

我遇见你

深深扎根，默默坚守

行人出没风雪中

故乡已远西部情浓

何必忧愁挂空月

有志处处皆热土

在季节的拐弯处

我遇见了你

南来也爱此，北来也爱此

提拉米苏雪

一天的狂风撕扯

让阴沉的天挂不住了

雪终究还是落了下来

难以想象黄色雪花

急急切切的样子

像一群闯入野狼的羊群

没有规律的奔突而下

本来雪是纯洁白净长袖善舞

现在却是黄沙为伴与风肆虐

白本来是给大地带来滋润的光泽

黄的雪却带来了自然灾害

讨厌这个叫作提拉米苏的雪

大地不需要这样的掩埋

快停止一些无谓挣扎吧

零度以下，不能再让天地混沌不安

不要惧怕动荡的风雪

不要让岁月沧桑的舞蹈

纷扰了我们人生的诗行

在这样的境遇中

唯有心安可以定神

元宵节断想

必定在乎，短短的这天

载的是一份盈盈的团圆

这是关乎美好的希冀

必定在乎，短短的这天

淌的是一脉汩汩的浓情

这是关乎生命的温暖

只要真诚的交出自己

让春风牵牵你的手

让阳光摸摸你的脸

你就会在一季最美的时光里

长成一株恬静的兰

沙枣花

1

在温暖的阳光里

感受暖阳

在春天的花园里

感受春花

这种雍容的意境

似乎与梦有关

其实

大漠和沙丘的影子

也自有一种

柔美的楚楚

不信

就请看那片

袭人的沙枣花

2

挽起一片花海

淋湿我的沙雨

涂抹了口红

习惯了风的任性

诧异这片摇曳

芳香弥漫

醉了蜂蝶

沙邀请我站在

观礼台上

枣羞涩地笑了

雪莲花

一生一世，一世一生

绝色风华于山巅雪峰

能在人迹罕至中生存

从来都有傲世的热血

唯有圣洁能配得上

你的炽热丹心

唯有忠诚的人，才有你

坚韧不拔般的风采

雪莲花啊，一束

超脱兰风梅骨的花

雪莲花啊，你是大爱

让我们坚强，让我们勇往直前

冷　静

一种狂热

刚刚压住

一种狂热

迅疾升温

一把锋利的刀

猛戳着

我们躁动的灵魂

人生的大海

波涛涌动

一种冷静

悸动着

渴望的心绪

一种冷静

需要我们

冰冷中凝结

一个梦

没有一个梦

数亿万人同在做

没有一个梦

历经这么久远

没有一个梦啊

见证了桑田变幻

古老元素的涌现

揭秘的是现代版的盛唐辉煌

鸟巢水立方中的声声回响

诠释的是更高更强更快

地球村的一个大家庭里

跃动着和谐万象的欢乐音符

梦想成真了啊

刹那间分割成历史突破

激情永恒　梦幻迷人

友谊和平　追求不懈

融合中有你有我

标注了人类发展新的高度

旅途中的一天

我从梦中醒来

恍惚还在家里

岂知那个温润的巢穴

已在千里之外

喝一杯清水

把孤寂咽到肚里

伸过慵倦的懒腰

已经变得坚强

背着此行的行囊

走入另一个陌生

太阳刚好照在

露出的一排牙齿

守　望

我看着你

宛若你看着我

让目光

穿透如黛青山

穿过苍茫戈壁

还有那汪凝重的秋水

此时，只想做

一粒秋风中的飞沙

昼夜交替地扬起

不断地停在你身旁

尽管微小

让背负思念

在时光的聚集里

站立成伟岸

坚如磐石

心，永远真诚

太阳，每天都是新的。

阳光下，你是我永远灿烂的那首诗。

一片空白的脑海，总有一些跳跃的句子。

凝神聚气，拽出白发以前的过往，那份感动轮番浮现。

清风拂面，艳阳点燃生活的炊烟。

燕子，捡起大院里的话儿，急不可耐地传播，荡起一圈一圈愉悦的

涟漪。

风送天籁，袅绕中，那些往事上岸，舒展开陈年的风景，真诚依然

新鲜。

一句句话语，打破缄默。自言自语，藏进躯体的心，只有你懂。

经过岁月发酵的心事，被你洋溢在盛开着花朵的脸上。

是你让我一次次攀登，在这伟岸的人生大山。

晒晒所有的日子，品一杯烈烈白酒，一干豪气向明天拔节。

在燕子的翻飞中，一只雄鹰在长调里，放飞着长空的辽阔。

冰 锥

倒挂在屋顶有些冷峻

难怪行人厌恶的躲避

流水的风姿何其妖娆

何必装作利剑强耍威风

春天已至，你啊

无法抵制春风对你的规劝

无法抵制阳光对你的消融

在回归之前

有必要滴泪忏悔

接受无法抗拒的宿命

父 母

1

这个正月总是笼罩一种喜庆的红，仿佛映照着每个人的日子

华发耄耋的父母，脸纹绽放成含笑花

曾经世事与艰辛，已经灿烂成今日的春光

闻着喜悦，一次一次，

回到他们青葱的过去，憧憬后辈光明的未来

2

我已经，多年没有直面这种嫣红和春光

眯着眼欣赏突然矍铄的双亲和温情上升的感应度

多像一夜间盛开的中国红和绵延不断的爆竹声

日子通红，心儿倍暖

消融寂寞，也消融颓废

3

说这说那，笑这个笑那个

我只能收敛起那些粗放的线条

我要重现，要收起棱角

发挥所有的细腻和耐力

至少要捧接住，父母珍贵的絮叨

一句一句垒到心里

不忍，我的父母

不忍看

你们的眼

你们的眼里

有对我们一生的不舍和牵挂

不忍想

你们的笑颜

你们的笑容里

布满着一世的沧桑壑谷

不忍听

你们的声音

那絮叨的慈语

是放不下的纠结和无奈

不忍梦

你们的关怀

菩提树下

那忧心的操劳

不忍说

那苍白的言语

十五的月圆

挂在未来的天空

多少次思念你们

心中泛起无奈的潮涌

多少次担心你们

在一个个白天黑夜

南飞的大雁啊

你曾羡慕我们的团聚

待哺的乳羊啊

你曾嫉妒我们的亲情

清澈的溪水啊

你曾为我们欢乐呐喊

戈壁红柳啊

你曾为我们幸福起舞

假如再有一千次的机会

假如再有一万年的时间

我会选择留在你们身边

跪着反哺……

一碗腊八粥

一碗腊八粥，煮千年岁月。

腊。迎新旧交替的希冀。

月。燕尾欲剪开春天的帷幕，盛开姹紫嫣红的诗行。

一碗在手。品味，五谷丰收的喜悦。

唇含甘露，舌润芬芳。

闭目。日子热气腾腾，岁月四溢飘香。

时间的叹息，涌上心头。

粥是汗滴禾下土的甘甜，是粒粒皆辛苦的芳香。

凛冽风中，崇敬过往岁月。

过了腊八就是春。

腊八，让搁浅的风景，生动起来。

下一刻，随一缕馨香，拥抱春光。

致女儿

青春就这么绽放在明媚的春光里

季节已经迎接你许久了

周围亭亭玉立的芦苇

没有言语，只有飞扬的神采

四月的芬芳浸润着大地

穿行在花丛中的小鸟飞蝶

都在羡慕你花季青春

整个世界都听到了

对你低吟浅唱的赞美

真不知道你今后是什么颜色

却想要你守住你美好的笑意

用你年轻的岁月奋斗

拔去芜杂的草，松开板结的土

种下诗歌，种下人生的希冀

我欣喜于这一季

从明天开始瞩目你青春的未来

你要把我的祝福

耕耘成你的现实

让自己绽放一生的灿烂

我的房后有座山

总是那么稳重，平静得让人无法忍耐

没有坐过动车，也没有坐过飞机

没有远行，没有去过其他地方

在和你不长也不短相望的日子里

看到了你的秀色，接纳和包容

你给那些心灵都焦渴的人，一片绿荫

你给那些意志都脆弱的人，一份坚毅

相对于远方的高大靓丽的皑皑雪山

你就像一个不谙世事的村姑

守着那些杂草，那些树木

一边隔着风，一边隔着雨

守着婴儿此起彼伏的哭声

向上而行

向往高峰，不是一个人眼中

不灭的期冀，每个人

都行走在同一个咒念里

殊途跋涉，每一个灵魂

都在经历，难熬的

拔节时痛苦的锥心刺骨

晴天阳光，阴郁迷雾

黎明到黄昏，一路走来

谁是那束高扬的格桑花

疾风过后，积雪消融

劲霸的小草，最先

齐刷刷举过头顶

万米之上

在洁白云朵间游弋

有了自己的新高度

高云只是千堆雪

远山并非小山包

永恒只有天际有

高处总是圆月悬

幻化是最美的风景

思绪是最真的歌谣

伸出一双结实的手

接住目光里所有的痛

所有的日子已是匆匆掠过

所有的未来正在缓缓走来

仰望几人能和

俯瞰几人能懂

一生的远方

峻拔而又犀利的高山

和起飞的苍鹰一起，拔地而起

奋力冲向无垠湛蓝的天空

站在山前的老人

突然唤醒沉睡的记忆

血色浪漫，梦呓一样

一群男人，还有一群女人

走入荒原，走入苍茫

走入飞沙走石，大雪如席

弓起奋力的身影

一寸一寸地垦

一点一点地变

恍惚间，已经望见

戈壁扶摇变绿洲

瓜果飘香绿成海洋

生命最大的可贵

在于用汗水，诠释幸福

用笑脸，和解苦难

轻如尘埃，亦重如磐石

从一无所有中提炼血和骨气

用一生的不懈，撑起自己的远方

我希望年轻的你

结实你该有的翅膀，足够硬

可以飞越山河，凌空霄汉

可以利剑出鞘，搏击长风

不是天生贤能

五谷杂粮，凡夫俗子

喜怒哀乐，如影随形

成长过程，需要甩开依靠

啃噬和索取，青春会陷入泥淖

痛在心头战栗，取向不落凡尘

谁会掌声四起，鲜花簇拥

谁会流星划过，暗自神伤

时光漏斗里的沙粒，靠奋斗掌握

一只鹰，穿过世间

穿过漫漫的穹宇

从不懈搏击里，锻造一生春天

人生的路

人生的前方

就是一个变化的位置

停滞和继续，都不能

保证和挽留这个状态

每一个时间，每一个节点

都是生命长河的瞬间

无论意识和感受如何

都会成为一个无法规避的离去

时间的刻标

总是或明或暗地移动着

我们被时光经历着

一切都将被带着继续

人生漫长，我们不知道

遥遥长路上会有怎样的细枝末节

喜怒哀乐，阴晴圆缺

一定是相随的一种写照

也许，与世无争的弃绝

也许，不知者的不惑

是一种规避与虚实

这是多么可怜被动的迎纳

其实，过了这一时刻

它的前面，想象等着我们

一条路，哪怕艰难

跋涉后的抵达，才好

微笑着走向远方

——悼念汪国真

这个暮春的天气，总是被雨水淋湿

一个远去的诗魂，引发喜马拉雅山的雪崩

诗人与地震，让这个世界满眼忧伤

一朵流浪的白云飘过，天空成了你远方的故乡

曾经的那些迷茫，因你的诗歌阳光灿烂

浓浓的情谊，滋润干涸的心田

曾经的那些幼稚，因你的诗歌成熟美丽

年轻的潮涌，绽放四季的记忆

这么多年有你，诗意的人生如影随形

一页页诗行，温馨了一段段人生

这么多年有你，青春的风采猎猎飞扬

一颗颗种子，烂漫了一个个春天

四月的泪眼，我看着你微笑着走向不绝的风景

没有比脚更远的路，你行走出暗香涌动的悠长

没有比人更高的山，你隐身于寂寂峰峦之上

跨过永不消失的地平线，你到达了诗的天堂

你真的走了，走得那么突然决然，淡然超然

天空之下，爱情和生活弥漫着诗的气息

无语凝噎，只有坐在书页里浅吟低唱

期盼下一个春天的到来